歌集

ふるさとは赤

三原由起子

Yukiko Mihara

本阿弥書店

歌集　ふるさとは赤＊目次

Ⅰ　みどり風

Ⅲ　2011年3月11日後のわたし

装幀　南　一夫

歌集　ふるさとは赤

三原由起子

Ⅰ　みどり風

みどり風

みどり風めぐるホームに君探し胸ときめいて一《ひと》日《ひ》始まる

朝日受けて今日の私のときめきを鏡のように映しだす海

こっそりと部活抜け出し行く場所はグラウンド見えるスペシャルシート

「聞いてみる」差し出されたウォークマンこれが君の好きなメロディ

数学の時間は君が眠るから私もいっしょに眠ってしまおう

「今日は一緒に帰らないの」と聞くわたし高飛車だってわかっているけど

おはようも言えなくなって一ヶ月足どり重く雨の街歩む

信じない信じられない信じたい投げつけられたトマトのように

波のうねり車窓に顔寄せ眺めいる広く大きくなれそうな夏

不等式

過ちを繰り返さぬように愛してもやっぱり素直になれずにわれら

知りたくてざっくり二つに割るキャベツ君は何を考えているの？

双葉町の駅舎が新しくなった

城のような駅舎ぽつんと建っている人口一万に満たない町に

愛したい人には他の誰かいて恋の不等式などをおもう

恋愛至上主義を蹴飛ばし自分主義で生きていくべし二十歳のわたし

目を閉じて君を想えば一、二、三数え天使の羽が生まれる

バス追ってドラマチックに転びおり今日も一日ふんだりけったり

完璧を求めてしまう母のようツノが二センチ伸びている朝

心音のごとき〈メール送信中〉瞬く間に加速してゆく

約束のない日は携帯電話《けいたい》スクロールしているスロットマシンのごとく

新盆に友の家を訪ねる

二十二年のみじかき命を慈しみギター象る墓を建てけむ

愛のない抱擁を受け入れるたび脆くなりゆくわたしのからだ

午前二時鎖骨のありかを確かめたのちネックレスを外して眠る

バラバラになりそうな日はきまぐれな誰かの腕で束ねてほしい

林檎になりたい

んだっぺよ、そうだっぺよといわき行き高速バスはひだまりの中

あたたかき手のぬくもりのそれだけでいいから祖父に命をください

病床の入れ歯に眼鏡にアデランス貫き通した六十九歳

やわらかくなった指先、埃かぶるギター「あたしは椎名林檎《りんご》になれない」

我去了台湾

大陸をなす雲の上から見おろして宇宙と空とのあいだを飛びゆく

サイレンを鳴らして走る交差点映画のようなタクシーに乗る

台北二・二八紀念館

生きるため密輸タバコを売る女　殺されるはずなんかじゃなかった

針金でつながれており肉体は死を一秒ごとずれてむかえる

台湾の〈原宿〉にて

ＧＡＬＡＸＹ前でポーズをとるわれら〈１０９のカリスマ〉真似て

セカンド

嫌だった短い睫毛が粉雪を受け止めるような君との出会い

打ち寄せる波のやさしさ山積みのテトラポッドは崩されてゆく

朝焼けは現実世界に連れ戻すモラトリアムを与えぬままに

パスネットカード刻印されている日付、あなたの住んでいる駅

近付いた笑顔でアイアンウーマンのわたしのかたちがとろけてしまうの

信号機壊れた道を駆けてゆくもうルールなど作らなくていい

むなしさを持つもの同士抱き合えば答えは見えてくるかもしれない

待つことの楽しみ掃除洗濯も料理もするし新聞も読む

平日の夜から早く休日に昇格したい君とのデート

君に会う前の日、手のつめ足のつめにわたしだけの宇宙を描く

ラメ入りのアイシャドウだから輝いているわけじゃない（君のせいだよ）

正直に話してくれるうれしさとかなしさ一気に飲み干すソーダ

選ばないきみ想いつつ揺られれば見知らぬ人にもたれてしまう

いつの日か結婚すること告げてくる君を恐れている生理前

念じてるだけでこころがマジックのスプーンのようにくねくねになれ

うまいなあ、ひとつひとつに包んでる言葉はしゅわしゅわ飴玉の中

銀色の新型車両が通過して梅雨が明けてゆく京王沿線

わたしだけのサラブレッドに出逢うまで華原朋美になりきれぬ夏

宇宙時計

ほんとだよ、ってあなたが言えばほんとうになる人工の街に吹く風

沈めても沈めても浮かびあがるひと泣いても泣いても変わらない過去

くちびるをとがらせてきっとすごい顔しているわたしの手のひら包む

ごめんなさい、それしか今は言えなくてヴィーナスフォートの青空は嘘

あきれてるでしょう、嫌いになったでしょう　虹を映して黙っている海

東横線特急に乗る車窓には透明人間になったふたり

もうひとつ心が増えたね。 薬指は光を集めて行く先照らす

観覧車の中にふたりで乗り込めば宇宙時計の一点になる

おじいさんおばあさんになっても乗りましょう　今日という日を思い出すため

2LDK

ひとつにはなれないことを知りながら握って握り返すてのひら

粗大ゴミをふたりで出した後に飲むオロナミンC　朝日あつめる

ブライダル特集流れる六月のテレビはふたりの言葉を隠す

許せないことを想いて傘先を叩き付けつつ歩みゆく街

へべれけのわれを現に連れ戻す四駆を引き上げるような力で

マイナスにするのもプラスに変えるのもわたしのこころひとつで決まる

悩まずに苦しまないで愛せたら世界はきっと春のひだまり

汽船ゆく海原のようグローバル規模の愛情で君を包もう

強く手を握るあなたの向こうには深まっている桜の葉っぱ

南国の香り点してたちまちに楽園になる2LDK

今週の花はひまわり　咲きかけを一本選ぶ朝のマルシェに

ラララって朝が始まる歯ブラシを交換するのそろそろじゃない？

きょうだいのようだね、こいびとのようだね、わたしたちはなんにだってなれるよ

少年の家――多摩平団地

振り向けば雨音が湧く　こいびとの恋のむかしを知りたし知りたし

君が生まれ育った街に降り立てば君はすでに少年の顔

森ふかく歩みてお菓子の家探すようにふたりは子供に還る

少年の住んでいた家の跡地には高層団地が新しくあり

おつかいをよく頼まれた少年が通ったストアー、郵便ポスト

「君に見せたかった」と言い少年は木肌に触れて緑地を歩む

森ひとつ抜ければネオンがぎらぎらとわれらふたりの顔を照らせり

われと手をつないだまんまの少年が大人に戻る瞬間に会う

スーパーひたち

この先のふたりの未来を告げにゆくわれらを乗せてスーパーひたち

（ゆきちゃんが彼氏を連れてくるらしい）若葉がざわめく新町通り

夕食の乾杯の後、家族皆あなたの声にアンテナを張る

いつ言うの？いつ言うの？君の太腿をつついてみたりたたいてみたり

巨人戦観ている間に母と祖母は居間からいなくなってしまった

一日目挨拶計画失敗に終わりて明日は友と飲み会

こうなれば帰りの切符の変更をして三日目の夕飯時に

三日目の夕食に祖母は「けっこん」と言いかけてまた箸をすすめる

今よ今、ふたりで正座をし直して、さあ、あなたから早く伝えて
「これからも共に歩んでいきたい」と告げられ涙と笑みのこぼれる
父と母、祖母と弟うなずいて「おねがいします」と頭を下げる

ふるさとを凱旋するよう　夕方の商店街を二人歩みぬ

その先のふたりの未来を歩むためふたりを乗せてスーパーひたち

＊

結婚の重みと厚み「ゼクシィ」と「けっこんぴあ」を持ち上げてみる
（わたし結婚するの聞いてよ結婚をするの）レジまで「ゼクシィ」持って

丸ビルにふたりの家族が集まった

「壽《ことぶき》」という浪江の酒の一升瓶縁起を担ぐと祖母は言い出す

丸の内ビルディングのとある一角で出会うあなたとわたしの家族

常磐線特急スーパーひたちにて縁起を祝って「壽」は来る

万葉集に興味があると父は言い額田王の一首を挙げる

沈黙を恐れる父であることを初めて知りて杯満たす

昔から家族であったかのようにふたつの家族は笑い合いたり

「うちの嫁は酒が強い」とこれからの父に言われてうれしくなりぬ

丸ビルの前にて両家はがっちりと握手を交わし「おねがいします」

久しぶりのデートを楽しむと両親は言いつつわれから離れてゆきぬ

リングピロー

恒例になりたる母との口喧嘩ひとり帰りし正月の朝

「あんたなんかうちの子じゃない」二十四歳《にじゅうし》になっても母に怒られている

本当は母に作ってもらいたいリングピローの話もできず

もう二度と帰って来るなと泣きながら母は食器を片付けており

銀座にて結婚指輪を買うことがなんとなくよいことに思えり

リングピローに付けるレースを買ったという明るい声する母の電話に

日本酒を水の代わりに飲み干せば幼きわれがわれを支配す

夫になる人の批判をするときに魚の骨が舌に刺さりき

どたばた花嫁

午前五時に起きてそれぞれ席札にメッセージを書き始める　当日

カーテンを開けて本日晴天である喜びを忘れておりぬ

タクシーでコンビニの前に颯爽と降り立つふたりは朝食を買う

どたばたとした花嫁の体験談を読んでいたのにどたばたとする

今日でもう結婚式のことだけを考えられなくなるのがさみしい

ハネムーン　ドゥ　パリ

ロワシーバス乗り場を探せばついてくる男　ああこれが有名なスリ

シャンパンとダンスのリズムに酔わされてムーランルージュにわれは眠れり

マドレーヌ駅の近くのデパートのトイレの鍵が壊れて開かない

「助けて」というフランス語を忘れればパリの中心で日本語を叫ぶ

公園のとある場所より凱旋門とエッフェル塔を同時に見上ぐ

「エッフェル塔のてっぺんまでのチケットが欲しい」とわれはジェスチャーで言う

エッフェル塔は目の前にありふたりだけを乗せて木馬は回り続ける

Ⅱ　ミラーボール

号泣をした夜

にんげんとして生きる意味すらわからないだろう組織の中で働く

淡々と仕事をこなしていけばいいはずの心と身体が鈍い

二十五階の窓から見下ろす公園の菜の花畑におちていきたい

号泣をした夜われはにんげんに戻ることができただろうか

「田舎暮らしだってできる」と父からのメールに夜の風はやさしい

隠しごと増えてゆくたび打ち明けたいことも増えてゆくよ　深緑《しんりょく》

海遊集団

婚姻という理由のみにて東京の一空間にわれは漂う

都会から逃れるように上野発特急スーパーひたちに乗り込む

校長になった恩師を訪ねれば校長室で食べる給食

「池の中の鯨」とわれを例えては励ます恩師の愛は変わらず

新宿の改札口で待っている夫を見つけて何かがこぼる

「中国海遊集団」とあるコンテナの中身に想いが膨らむ真夏

海底より見上げて鮫を見るように大空をゆく飛行機を見る

ふくしまの米

小学生だったわれらの放課後はサッカー少年を追いかけていた
スポーツの観戦チケット舞い降りてくる花びらを追うようにして

社内メール受信トレイの一行は光を放つ「チケットあります」

横浜のサッカー場を想うとき横浜に住む友を想いぬ

仙台のサポーターが席を埋めつくし肩抱き合って揺られて揺れる

「ふくしまの米」と書かれたユニフォームを着ている横浜のサポーターたち

確実に未来はありぬ幼なじみのけいちゃんと観る三浦知良

再会のとき

夏休みに「めざましテレビ」を観ていたら記憶の中の君と出会った

君だけど君じゃないかもしれなくてインターネット検索をする

出身地や趣味や好きな音楽も当てはまっている昔の君に

三日後のライブ告知にざわめいてワンクリックしてチケットを買う

波に乗って上手に進んでいく君と波打ち際で見ているわたし

ハモる声、ギターを弾く指、この時間まるごと保存する脳が欲しい

君が投げるペットボトルをキャッチしたパワーが夢を叶えるパワー

夢を叶えてくれてありがとう。それだけを伝えたくて書くファンレター

二十七歳

まだ二十七歳もう二十七歳　わたしはなにも始めていない
三十路まで二年と少しを数えれば死期が近づいているような恐怖

先輩や同級生や後輩の生き生きしている世界を旅する

ギター弾く先輩と客席のわたし変わらない距離変われない自分

ライブ終えた同級生と神田川を渡るいつから別々の道

後輩の舞台を観ている東京の地で振り返る空白の日々

二人乗り

自転車を選ぶ条件ただひとつわたしを乗せる荷台の存在

背の高い君の身体に合っているタイヤの大きな自転車が届く

横座りして君の腰に手を回すその手に君が手を重ねたり

われを乗せてゆるやかな傾斜をぐんぐんと登ってゆくこの強さ大好き

庭先に梅の木多し住宅街風をまとって駆け抜ける朝

自転車に二人乗りして駅に向かう間にわれらは観梅をする

吸い込んだ花粉の仕業か改札を通る時にはくしゃみが二つ

はじまるひかり

一年のはじまる光を浴びたくて君と車で海を目指しぬ

鏡餅ならぬ鏡やきそばを奉納するわが町の元旦

初日の出を見届けたのち似ていない双子の幼なじみに会った

中学校の通学路にある神社にて厄年の夫の厄払いをする

社務所から装束途中の神主が出てきて案内される神殿

夫とわれ、妹夫婦と正座して「かしこみかしこみ」の声に微笑む

初詣に願いが増えて妹の安産祈願を唱える正月

お揃いの耳あてをして写真撮る妹が母になるその前に

やせぎすのからだが胎児を守るように丸みを帯びてゆくのか　肉体

新しい名字で宛名を書く友が増えてよそよそしい年賀状

関係は変化してゆく　それぞれの名字で新たな生活はあり

デッドボール

またひとり　テトラポッドに挟まれて同級生は海に還りぬ

何という言葉をかけむ愛娘を亡くした人に会う「十日市」

弧を描くように近況語り合うデッドボールを投げないように

「まだ若い」と言われつつ常に死が近いところにあると思う　朝毎

色づく

知らせきて仰げばたちまち枝先は色づきはじむ魔法のごとく

みちのくの人々と桜前線が東京の木の下に行き交う

触れる爪先

マフラーの端をくるくる巻いてしまう指の先には記憶がありぬ

感情を閉じ込めたくて水玉のマスキングテープを静かに貼る真夜

加速する鼓動にわれを失っていきたし　触れる冷えた爪先

まだ一分、もう十分と進みゆくデジタル時計は朝に向かって

目にしみる朝日、青空、君がいてまたまっすぐに歩いていける

クリーングリーン

ギターケースを開けば故郷の香りして心は過去に駆けてゆくなり

いちめんに広がる青田に守られて過ごしたこころのまま生きている

「杜の都体操」テレビに始まりて祖母と手足を動かし並ぶ

太平洋に向かってとうもろこしを食む家族は同じ海を見ている

採れたてのグリーンアスパラまっすぐにわが向かうべき方向を指す

ギター背負うときに想えり将来に出会うであろうわが子の重み

みちのくびと――義父

駿河の地に新たな家族が集まりて互みにみちのくの想いを語る

昔からの家族のようにみちのくの言葉で満たす食卓の上

花嫁のわれの手を引き高砂でゆかいに踊る宴に父は

ぬまづ軒、ゴディバの若き店員と話すとき父は青年になる

ガスコンロに火を点けられないまま父はお茶の代わりに赤ワインを飲む

湯沸かし器のボタンは押せる父のため電子レンジを買いて届ける

電磁波は嫌いと言いしちちのみの父が電子レンジを使う

ゆっくりと歩幅合わせて歩みゆく親子は沼津港を目指して

ストレッチャーに乗せられた父は重病の面持ちになる脱腸手術に

触れたいと頬に触れればじっとして「おかしなやつだ」と微笑んでいる

われの書く一行文を一本のペンで一つの短歌に為せり

自転車の熱きサドルによろこびて走り出《いで》つも月曜日の朝

いつになくエレベーターまで送り来し父の笑顔の美しきかな

ああやはり最後はエレベーターのような扉《と》が父とわれらを隔つ斎場

その果ては駿河なる地に留まりて香貫の山より空へ昇りぬ

整うこころ

たおやかに揺れるコスモスあぶくまの山なみに向く秋のしらせに

朝焼けの空を背負いて母と娘《こ》のゆく川沿いにコスモスの咲く

夕飯の支度に想う「包丁は危ないから」という祖母のこえ

「子供乗せ自転車」列ぶ平日のランチタイムを遠巻きに過ぐ

まんなかに寄せてはねじこみ整える心を持つ日の胸が重たし

はるのやみ

何してる？見えない誰かの問いかけに声を出さずに文字を打つ　うつ

団地から飛び降りた男の足だけが見えた

公園の桜の上に落下するような気持ちで飛んでゆきしか

パトライトの赤い光に囲まれて現場は廃れしディスコのような

飛び降りるさまを問われし少年の指の先には遠い暗闇

履いたまま運ばれてゆく黒い靴の小さき金具は光を放つ

自らを殺めるというかなしみが怒りになりき花見の朝に

ミラーボール

しずかなる商店街を駆け抜けるニュースはＤＪバーの開店

蜂の巣をつついたように若者がそこかしこから店を目がけて

鬼ごっこやかくれんぼをしたかー君がＤＪ　ＫＡＺＵＳＨＩとして降臨す

二十年経っても子供のままでいたい　ミラーボールの下に集まる

帰省している若者が占拠する空間にアゲハ蝶は舞い込む

「どうせすぐ潰れっぺ」という団塊のおじさんたちのしゃがれてる声

あきらめの言葉が酸化してゆけば商店街の錆びたシャッター

保守の強き地盤の上で生きている友の言葉に若さを探す

反対の意見はたちまち悪口に変換される伝言ゲーム

権力者の息子をいつしか権力者に仕立ててしまう大衆の罠

なあなあで沈められてゆく言葉太平洋にぷかぷか浮かび来

福島と東京の間で揺れている心は青春地点で鈍る

3・5・8

東京で「三五八《さごはち》漬け」は福島と山形の郷土料理だと知る

どうしても「三五八ＬＯＶＥ」を歌いたい気持ち昂ぶる初夏のわが家に

アコースティックギター片手にパソコンの前で作詞作曲をする

「三五八の歌作りました」伝書鳩ならぬ速さで企業に伝う

炎天下の野外ライブで初披露するオリジナル曲「3《さん》・5《ごー》・8《はち》」

三五八を二ケース土産に宝来屋本店の若き夫婦は眩し

「さごはち」をみんなで歌おう真夏日に拳振り上げ誇れ故郷を！

ショートムービー作品製作始まりて主役は三五八　監督はわれ

「うまい三五八漬かってっから食うか」祖母の訛りと笑顔を収める

コマーシャルソングに決定したという文字輝きぬ朝のメールに

わが歌う「三五八スリーファイブエイト」が福島県に轟く　弥生

Ⅲ　２０１１年３月１１日後のわたし

ふるさとは赤

iPad片手に震度を探る人の肩越しに見るふるさとは　赤

諳んじる十月二十六日は原子力の日と幼き日から

原子力ポスターを描く宿題を提出しないままに過ごしき

校長を退《ひ》きて原子力センターの広報となりし恩師は遠く

一月の同窓会に集まりし数人はいま1F《いちえふ》に就く

1F＝東京電力福島第一原子力発電所

作業員の友より届く写真には桜咲きたり去年《こぞ》のごとくに

常磐線に乗るたび想う人のいてもう眺めることのできない景色

デモ知らぬ世代ばかりの初めてのデモに音楽溢れていたり

脱原発デモに行ったと「ミクシィ」に書けば誰かを傷つけたようだ

原発の話はタブーと注意する先輩はまだムラに生きおり

復興か逃亡かという地域にて生きるほかなし　いもうとのばか

夫からもらう煙草の本数が増える被ばくのニュース聞くたび

自らに煙草を買えば子は産めぬような気がしてコンビニを過ぐ

われのこころひとつひとつを育みしふるさとのために生きていきたし

人のさまざま

阿武隈の山並み、青田が灰色に霞む妄想　爆発ののち
満開の桜、青空変わらずにある変わりしは人のさまざま

たまり水燃料棒を男性の象徴としてつぶやく人ら

恩恵を受けたと言いし住民の声は敗北宣言に似て

浜通り／双葉郡／浪江町／避難民　憎しみ合って分かれてゆきしか

いま声を上げねばならん　ふるさとを失うわれの生きがいとして

それでも生きる

「十年後も生きる」と誓いし同窓会その二ヶ月後にふるさとは無し

百年の商いつないでいく矢先見えない敵は空から降りぬ

「おもちゃ屋の娘でした」と言うわれに戸惑っているもう一人のわれ

夢うつつ雑誌を広げてわが町の車道に群がる牛を見ている

常磐道開通ならずそのままに時は止まれり浪江町の夢

ふるさとの散りゆくさまを語るとき言葉も心も宙に浮かびぬ

福島のほんとうの空に集う日はわれの肉体なきあとのこと

青田、浜風

扇風機の前に座って目を閉じている盆の入り　青田、浜風

盆正月迎えるたびに受け入れてしまうのだろうかふるさとの死を

突破する力がほしい阻まれたふるさとへ続く道の途中に

刈り取られた稲藁のように束ねられどこに運ばれてゆくのかわれら

さまざまなそれぞれがあり震災の前のようには暮らしてゆけぬ

螢を追って

うつくしまふくしま唱えて震災の前に戻れる呪文があれば

風向きを知らされぬままに人びとは逃げてひとつに山目指しけり

駅前に水浴びをして群れをなす子豚は人を待っているのみ

脱原発署名の前を過ぎ行きて身を翻し名前を記す

声上げる大規模デモにおおかたのニュースは声を伝えず終わる

国民を難民にして今もなお稼働させたきひとは小愚民《こぐみん》

ふるさとを遠く離れて父母と闇を歩みぬ　螢を追って

被災者が被災者のために調理する「なみえ焼そば」に心やすらぐ

草しげる墓を思いて曾祖父母祖父に会えない盆を迎えぬ

ただいまとおかえり言い合う八月の故郷も言葉も留めたるまま

われらの世代

果てしない除染作業に人生を捧げたくはない若者われら

（ふるさとの汚染思えば代替地がほしいというのはわがままだろうか）

親ほどの市長が除染を叫びいてわれら世代をばらばらにする

ふるさとにみんなで帰ろう　帰らない人は針千本の中傷

原発の話題に触れればその人のほんとうを知ることはたやすい

半年で背丈に繁る雑草や荒らした豚の足跡も　家

帰りたいけど帰れない自らに言い聞かせつつ祖母は電話す

百年の商い失い父母《ちちはは》は若き上司の下に働く

「ご活躍なにより」というメールきて活躍のための作歌ではない

ふるさとを失いつつあるわれが今歌わなければ誰が歌うのか

同心円の日常

「正月をふるさとで過ごす帰省客」になれないわれらは前を向くのみ

休止中と地図に書かれし常磐線浪江駅より実家をなぞる

三重《さんじゅう》の同心円の中にある町にいくつもの日常ありき

ふるさとの空高くあり「カグノワダヤ、家具の和田屋」と振りまける声

食堂に鍋焼きうどんの煮えるまで母と語りて窓は眩しき

キヨスクのいつものおばちゃん見当たらず次は会えると改札を過ぐ

お土産に「なみえ焼そば」携えて車窓より見る手を振る母を

めずらしく雪が積もってめずらしく母と出かけて最後のふるさと

走らないスーパーひたちは雑草に襲われてゆく駅のホームに

避難先のお祭りで会うふるさとの人と話せば心は戻る

子どもにも恋心はあり学び舎を追われてもなお想い続けむ

除染という仕事を与え福島の人らを集めて二度傷つける

「仕方ない」という口癖が日常になり日常をなくしてしまった

一生《ひとよ》をかけて

あぶくまの山なみ太平洋の海近くにありき生まれしところ

教育と洗脳の違い考えることなくのどかに日々を過ごしき

海沿いの広すぎる空広すぎる灰色の土地　それでも故郷

誰もいない請戸の川に鮭のよは知らないままにのぼりいるらむ

鮭のよ＝方言で鮭のこと

夢に見る浪江町には目に見えぬものを恐れず生きてゆきたし

しんしんと心の底にたまりゆく浪江の人の声を掬いつ

廃炉まで四十年の知らせにてわれら長生きせむと誓いぬ

重みを思え

除染をも背負わせ民を惑わししこの一年の重みを思え

当たり前のように浪江に集う日は一人ひとりの夢に現る

心を持ちて

島人《しまんちゅ》と原発について語りしが突き刺す一言「対岸の火事」

東京生まれ東京育ちの人は言う君のふるさとは貧しかったと

何をもって貧しいと言うか東京のインテリ気取りの貧しき心

「うちの息子（放射能）浴び浴び（原発に）行ってるわ」というある母のこえ

「くれぐれも身体を大切にしてね」ってメールを送ることくらいしか

「元気だよ、被曝してるけどね」って笑顔の絵文字の返信メール

四号機建屋を映像に見る

人影に驚きてなお現実を直視するべし心を持ちて

桜を求む

「二〇一一年三月十二日浪江町死者一名」は大伯母だった

乳ガンを闘い抜きしが地震きて逃るる時に胸打ちて死す

「おばんです」大伯母の声が玄関に響きしわが家は幻影となる

〈浜通り元通り〉というステッカーを疑えたやすく元通りなど

海沿いの日々の欠片は校庭に学び舎の高さ越えて聳える

さまざまな苦しみの人ら集いしが心裂かれてなお苦しみぬ

満開の桜のときに生まれたというわれ浪江の桜を求む

声を束ねて

将来を語れば誰かが言っていた「原発爆発したら死ぬ」って

充血の眼をまっすぐにわれに向け除染の仕事を友は語りぬ

むき出しの原子炉建屋に作業する人らがありて続く日本《にっぽん》

福島を学ばぬままに再稼働を求める人らは富しか見えず

空がただ明るい真昼　真夜中が永遠に続くようなふるさと

沈黙は日ごとに解《ほど》けていくように一人ひとりと声を束ねて

十日市

原宿の竹下通りの賑わいになるわが町の新町通り

浪江町の伝統行事の一つなる「十日市」を皆たのしみとして

手伝いに帰省するのが習わしになりて夫も店番をする

子ども御輿のワッショイワッショイやけくそな掛け声さえも受け継がれてる

プラモデル山積みに売るわが店に目をきらきらと入りくる子ら

この土地の伝統はもう町民のひとりひとりに委ねられたり
「毎日が十日市」のような心地して下北沢の商店街をゆく

青空短歌教室――下北沢大学・二〇一二春

下北沢駅北口を出たらすぐ右肩あがりの坂道はあり

坂道の途中にテントとパイプ椅子　ここに始まる短歌教室

「ツイッターで見ました」という人が来て今日から短歌の入口に立つ

十五度の傾斜に座って伝えたい言葉を想う背中はやさしい

次々にテントに訪ねて来る人ら言葉を求めて頭を抱える

一枚の壁を隔てて再開発の工事をする人／歌作る人

歌作るたねあかしをする講師らの心は広く開け放たれる

伝えたい想いを言葉にするうちに心ほぐれて歌を発する

テントから生まれる短歌　人々が集いて言葉を温めてゆく

短冊に一首を書いて持ち帰る人の面持ち明るくありぬ

まちづくり下北沢にいま学ぶ　いつかの浪江の再建のため

呼吸を忘れる

疲弊するわれを赦せぬわれのいて手を挙げてしまうただまっすぐに

存在を求められるままに出て行けば忘れられれている福島を

やりなおしできない世界を覚悟して警戒区域はいつも真夜中

苦しいと思えば呼吸を思い出す／苦しいと思えば浪江を思い出す

ふるさとの祭りは仮設住宅の敷地の中で（閉じて）開かる

行ったこともない街で開く祭りにて司会をしている　夢ではないのだ

侵略のごとく祭りにやってくるかつて栄誉を受けた人らが

「福島に何度も（俺が）来てるって言ってよ」支援者からのお願い

体育館の床にわれらを座らせて甲高い声で歌う「ふるさと」

床に座るわれらに握手を求めくる　選挙活動の一環ですか

石巻南三陸気仙沼　ひとつ覚えに人々は言う

偽りの言葉ならべる〈つながろう、絆、がんばろう、元気です〉

地団駄を踏む

見えぬなら無いこととして過ごしたい気持ちになりぬ若葉仰いで

失ったときから声はくぐもりて誰が聞くのか届かぬ声を

声高に叫ばれ続けて消えてゆく復旧／復興／絆の言葉

福島をＦＵＫＵＳＨＩＭＡと表記する人ら福島にいてはりきっている

子が水を欲すれば水を蛇口から与えて親のはぐらかす日々

ワンクリックして甥っ子にペットボトルの水を届ける日常として

留まるという決断を責めた日を悔いても本当のことは見えない

「ご両親はどちらへ?」と問われて「米沢です」と答えるわれの声にも飽きぬ

東京の電気を作っていることの誇りを持てと説かれしわれら

「コンセントを差したら電気が出てくると思っていた」と打ち明けられる

ふくしまからでんきがきてるのしらなくて　とうきょうはいつもいっぽうつうこう

東北のために節電していると言う人に驚く二回目の夏

訪れし仮設住宅に住む人を「仮設の人」と言ってしまえり

深呼吸を抑えてダムを眺めいる底方にあったかつての暮らし

ドライブの勢いのままに感情は向き合うべしとわれを走らす

線量計を持たずに国道六号線を北上すれば広野に入る

パチンコ屋が事務所に変わり1F《いちえふ》の廃炉を見届けるまでの存在

点滅が激しくなって「この先は警戒区域」と標識は告ぐ

警察の検問前には警備員が境界線の代わりに立てり

軽装のまま警備員は誘導棒を振りてわれらにUターン促す

空はまだ続いていくのに（事実上）国道六号線は途切れる

元通りになることはないその先にありし人らの澄んだ営み

「あんなところ行くわけないよ」と嗤われてあんなところで育った私

再稼働のニュースが聞こえて心臓が脳が身体が地団駄を踏む

吐瀉物に老獪の人ら浮かび来て便器に吸われるさまを見ている

知らぬなら無いこととして過ごしおりゆゆしき日々の続く日本《にっぽん》

再開と再会

入口にスタンド花が飾られて再開の夜の目印となる

一枚のドアの向こうに広がっている浪江町をゆっくり開く

「優蔵さんの娘が来たど」とマスターは大きな声で紹介をする

「ゆきちゃん」とママに呼ばれてカウンターに座るお酒は何でもよくて

再会に乾杯をする杯の音に心は浪江に帰る

三五八が好きだと言えば通じ合うママは三五八漬けでもてなす

仕事と言い早々帰る人ありて収束作業はそばにあること

「東電を悪くは言えない」マスターの声に客らは床を見つめる

言い返す言葉を飲み込むふるさとに生きるということ思い出しつつ

区域再編

子を産まぬことも故郷の地を踏まぬことも決められずに生きている

もはやもう実家ではない　弟は玄関に立ち尽くしたという

人住まぬ家に鼠は生き生きと住んでいるらし糞散らかして
アルバムの表紙に鼠の歯形あり触れることさえできないでいる
あきらめるための一時帰宅だと友は笑顔を作ってみせる

「ふるさとにみんなで帰ろう」叫んでる人も知ってるほんとうのこと

また町が民が心が裂かれゆく区域再編はじまる四月

昔から二つに意見を分かつ町と言われし町を三つに分ける

とりあえず帰っても良いというわが家とりあえず住めないいんですけど

原発を作る時代もそうだった中間貯蔵という最終処分場《しょぶんじょう》

ビッグマックのように企業が重なりてできた原発まだ収まらず

ゆれる

大熊町の歌人・佐藤祐禎さん逝去

「わたしは大熊、あなたは浪江」と言いつつも「大変ですね」で一つになりぬ

伝えたい思いを束ねて講演会目前にして失われた声

携帯のアドレス帳に「祐禎さん」その番号をお守りとする

小田急線地下化

一つずつ煩悩数えて階段を上《のぼ》れば改札口に出る朝

拡声器持ちたる人の案内は人身事故のようで　みだれる

震災の以前の国に戻りしかホームの電子広告の笑み

踏切と電車の走る音が消え「ようこそシモチカ」シモキタじゃない

一日で一気に古びた駅舎あり立ち止まる人らカメラ取り出す

ふるさとは今も
四月一日午前零時にわが町は三つに区切られてしまう　国家に

Yahoo!ニューストップページに浪江町と表示されてる日々にも慣れて

町議会議員選挙に立候補する同級生は除染を唱える

「原発さえなければ」という台詞には収まりきれない現実を見る

真っ先に浮かぶ笑顔とロマンスグレー　失踪を知る白き画面に

二年経て浪江の街を散歩するGoogleストリートビューを駆使して

あとがき

この歌集は、十六歳から三十三歳までの十七年間の作品をまとめた第一歌集である。

中学時代の国語の先生、佐々木史恵先生に勧められ、高校時代から短歌を作るようになった。先生は長年、病と闘いながら短歌を作り続けていた。私が社会人になる直前に、浪江のお寿司屋さんに連れて行ってもらったのが、先生と会話をした最後だった。私はのちに夫になる人と付き合い始めた頃で、先生は私の表情から、幸せだということを感じとったのか、ご自身の亡き夫との思い出をとても楽しそうに話してくれたのだった。私は一人の女性として先生と話をできるようになったことが、とてもうれしかった。しかしその後、先生が入院されたと聞き、彼と一緒に、いわき市の病院へお見舞いに行った時には会話ができない容体だった。私たちの呼びかけに、先生は意識が朦朧としているなか、微かにまぶたを動かし、「ゆきちゃんをよろしくね」と、彼に言ってくれているように思えたのだった。そして、私が社会人二年目の二〇〇三年四月にお亡くなりになった。先生との出会いがなければ、今の私は存在しない。この歌集を先生の墓前に捧げたいのだが、お墓は双葉町にあって、それもかなわない。

*

所属する歌誌「日月」には大学時代からお世話になっており、永田典子先生をはじめ、個性豊かな会員の方々が作り出す、自由でアットホームな雰囲気が、私に作歌する力を与えてくださっている。ご多忙のなか、帯文は永田典子先生にご執筆いただき、装幀は「日月」のデザイン担当である、前田現像さんにお願いをした。

また、東京で短歌を続けるきっかけを与えてくださった、いわき光洋高校（当時）の新妻好正先生、歌人の福島泰樹さん、田島邦彦さん、学生短歌会時代の友人たち、「日月」の皆さま、今まで出会った皆さま、本当にありがとうございます。そして、いつも見守ってくれている家族にも、ありがとう。

大学卒業後、三年間働いていた本阿弥書店のホンアミレーベルから自分の歌集を出版できることは、とても感慨深い。入社一年目の私の企画であるホンアミレーベルを、社長が寛大な心で認めてくださり、先輩方のサポートのおかげで続けることができた。本書はその十冊目にあたる。

出版にあたっては、本阿弥秀雄社長、池永由美子さん、奥田洋子さんに大変お世話になりました。心より御礼申し上げます。

*

二年前の三月十一日以降、それまでに自分が続けてきたことや、ずっと気にかかってきたこと、疑問に思うことへの答えが出たような気がしている。

今日は四月一日。私のふるさとである浪江町は区域再編により、避難解除準備区域、居住制限区域、帰還困難区域に分断される。私の実家は避難解除準備区域にあたるが、昼間の立ち入りが緩和されるだけで、十五歳未満と妊婦の立ち入りは不可。宿泊もできない。それが意味するのはどういうことなのか。そして、今後どうすればいいのか。この歌集を手に取ってくださった皆様と一緒に考えていけたらと願っている。

二〇一三年四月一日　浪江町区域再編の日に

三原由起子

極私的十年メモ

三原由起子

角川『短歌』二〇一二年三月号の「震災特集　二世代座談会　3・11以後、歌人は何を考えてきたか」に参加した時と二〇二一年三月号に執筆する時の自分は、核となる部分は変わっていないように思える。東日本大震災と東京電力福島第一原発事故以降、様々な感情と向き合ってきたし、時には闘ってきた。そして、これからも生きている限り、その日常は続くだろう。昨年からの新型コロナウイルスの流行も日常と化している。もはや、その世界の中でいかに精一杯生き抜いていくかを私たちは問われているのではないだろうか。非日常が日常になる瞬間を私たちは生きているのだ。

iPad片手に震度を探る人の肩越しに見るふるさとは　赤

（二〇一一年）

まさに二〇一一年三月十一日当日、故郷である福島県双葉郡浪江町周辺の震度六強を示す赤が眼に飛び込んできた。その瞬間、浮かんだのは原発のことだった。以前、震度五の地震で、原発から放射能が漏れたというニュースが記憶にあったからだ。すぐに両親に電話をかけるも、なかなかつながらない。しかし、祖母が所持していたソフトバンクの携帯は比較的つながる確率が高かったので、途切れ途切れになりながらも、よく電話をしたのを覚えている。その時、玩具店を営んでいる父に「原発が危ないから逃げて」と言ったものの、「お店の商品が崩れて大変なことになっているから、それを片付けるのが先だ」と言われてしまった。その日の祖母は自分の車で一晩過ごしたという。

そして、翌日の三月十二日に福島第一原発から十キロ圏内のわが実家にも避難指示が出された。この日が家業の事実上の廃業の日となってしまった。父と母と祖母は福島市を経て、山形県に避難した。

ふるさとを遠く離れて父母と闇を歩みぬ　螢を追って　（二〇一一年）

「ふくしま」と聞こえるほうに耳は向く仮寓の居間の団欒のとき　（二〇一五年）

私が幼い頃は年中無休で商売をしていたため、家族揃って出かけることができなかった。そのせいか、避難先の山形で暗闇の中の螢を追いかけたことは深く心に残っている。その後、父の故郷でもある千葉県に引っ越し、東京に住む私と会う頻度が増えた。みんなでテレビを観ている時、「ふくしま」という言葉が聞こえると、自然とそれまでの会話をやめ、耳を傾けてしまう。どこに住んでいても福島を想ってしまう。福島を忘れることなんてできないのだ。

（二〇一四年）

防護服にくっつき虫はついてきて三年分のさみしさがある

震災から三年の月日が経つ頃、私は浪江町に行った。正直、怖い気持ちもあった。曾祖父母の実家は津波で流されてしまい、広すぎる空に愕然とした。私の実家は海から四キロの場所にあり、原発事故の避難で、家の中はネズミによる被害がひどかった。人が住まないと、ここまで家屋は傷んでしまうのだということをまざまざと思い知った。それまでは報道を見たり、両親や友人から状況は聞いていたものの、実際に自分で見てみないとわからないことはたくさんあった。それは悲惨な部分だけでなく、自然の美しさや生命力にも感じたことだった。

ひるがえる悲しみはあり三年の海、空、山なみ、ふるさとは　青
山なみの青、海の青、空の青　何もなかったように親しい
しかし、故郷の浪江町は日々変わり続けている。
帰る人、帰らない人、帰れない人を抱《いだ》きてわが浪江町《まち》は在る　（二〇一三年）

この当時の馬場町長は「どこにいても浪江町民」という言葉を掲げていた。しかし、二〇一八年に町長が逝去した後、浪江町の姿勢が大きく変わってしまったように感じている。

わが店に売られしおもちゃのショベルカー大きくなりてわが店壊す（二〇二〇年）

昨年五月、曾祖父母の代から続いていたお店の建物が解体された。そしてその後、浪江町の五つの小中学校の解体のニュースを知った。

解体と見学会の知らせきてわれらの学び舎さえも守れず
復興は「なかったこと」の連続で拠り所なきふるさととなる

昨年七月に、解体される小中学校の見学会が実施されたが、新型コロナウイルスの流行で、東京から地方に行くのが憚られた。教育委員会に再度見学会を開いてもらえ

ないかと問い合わせをしたが、その時の答えは「これが最後」との一点張りだった。
そこで、私を含む町出身者や町民の世代を越えた有志五人が呼びかけ人となり、「浪江町の各小中学校解体を延期し、町民・卒業生にお別れの機会となる閉校式の開催を求める請願署名」を行った。一ヶ月という短い期間で、最終的には紙とインターネット署名を合わせて四千筆近くが集まった。また、ツイッターなどで知った歌人の方々が賛同し、協力してくれた時、短歌がつなぐ縁に心からありがたいと思った。

「浪江町へのラブレターです」差し出した請願署名の厚みと重み　(二〇二一年)

ディスタンス保ちて対峙するわれら同じ「浪江の子」だったわれら

ふるさとに否決されしか学び舎の解体延期の小さな願い

署名を提出したものの、昨年の十二月の浪江町議会では十一対四の反対多数で否決されてしまった。同じ浪江町で生まれ育った議員の反対多数に言葉を失う。解体中止ではなく、コロナ禍での解体延期というささやかなことすら叶えられない。町が校舎の解体を環境省に依頼したため、今更延期をお願いできないという理由らしい。その一方で、教育委員会は署名提出を受けて、再度、今年の一月と二月に見学会を開いてくれることとなった。しかし、新型コロナウイルスの感染拡大を理由に、見学会未定の一校を除き、中止となってしまった。すぐに解体作業に着手するという。三月には合同の閉校式が行われるというが、現状では見通しが難しい。原発事故で学校が閉校に追い込まれ、コロナ禍でお別れすらできないなんて、十年前には想像もつかなかった。

＊

肋骨を抜かれたような衝撃にわがむらぎもは収まりつかず　（二〇一五年）

結婚式のスピーチでよく言われている、人生の三つの坂「上り坂、下り坂、まさか」。私自身も二〇〇四年の結婚式で小学校時代の恩師に言われた三つの坂である。二〇一一年の「まさか」があり、二〇一五年に「まさか」は再び訪れた。家族が大きな病にかかったのだ。その後、私の先輩や知人、そして昨年には大叔父が同じ病にかかった。有名なスポーツ選手の何人かもその病を公表している。あえて病名は伏せるが、ドラマや映画の題材にされるような大きな病で、それほど身近な病ではなかったように思う。スーパークリーンルームという名の無菌室での入院。私は仕事を終えた後、ほぼ毎日、病院へ通っていた。病室に入る時には必ずマスクを着用し、手洗い、アルコール消毒を行っていた。その後、家族は抗がん剤投与や放射線照射を経て、造血幹細胞移植をし、現在も免疫抑制剤を飲み続けている。そのため、退院後も毎日マスクを着用するのが日課となっていた。私も当たり前のように、手洗い、うがいはもちろんのこと、必ず除菌用のウェットティッシュを持ち歩き、手をこまめに拭くように心がけていた。そして、この頃から五年経った現在の世界では、それが日常になった。

この十年を過ごして思うことは、「想像力の大切さ」である。震災も原発事故も新型コロナウイルスも、最大限の想像力で向き合えば、まだ目に見えないことでも見えてくるものがあるだろう。

同時に、記憶を風化させないことと同じくらい、美化させないことも大切だと感じている。

　復興と言われてしまえば本当の心を言葉にできない空気　（二〇一四年）

復興と言えば何でもありの風潮に、私自身、本当の心を閉じ込めてしまいそうになったり、目を背けてしまいたくなる時期もあった。しかし、いつどうなるかわからない世界を生きている今、自分の心には嘘をつきたくない。そう思っている。

美化に抗う、痛みのある言葉

吉川宏志

『ふるさとは赤』の「I　みどり風」は、高校時代から結婚までの日々が、とても素直に、のびのびと歌われている。

数学の時間は君が眠るから私もいっしょに眠ってしまおう

思ったことを口ずさんで、そのまま歌になったような一首だ。その自然なリズム感が、三原由起子の歌のずっと変わらない本質で、大きな魅力となっている。

同じ教室にいるのに、二人だけの時間をもつことはできない。それでも、いっしょに眠ることで、時間を共有しようとする。ほほえましくも、けなげな思いが伝わってきて、高校時代の一場面が鮮やかに目に浮かんでくる。

嫌だった短い睫毛が粉雪を受け止めるような君との出会い

その数年後の歌だろう。第四句までの長い比喩で、心理の陰翳が繊細に描き出されている。自己嫌悪はあるが、それだからこそ「君との出会い」に心が救われるのだ。はかなさと期待感が同時に感じられるような歌である。ストレートな表現をベースとしつつ、人間関係の揺らぎをとらえてゆく表現の深さも、三原の歌にある。

結婚直前の作は、喜びが無邪気に歌われていて、読者も共に楽しくなってくる。

きょうだいのようだね、こいびとのようだね、わたしたちはなんにだってなれるよ

今よ今、ふたりで正座をし直して、さあ、あなたから早く伝えて

ふるさとを凱旋するよう　夕方の商店街を二人歩みぬ

一首目は素直すぎるようでもあるが、二人の関係を固定せずに、自由に変えながら共に生きていたいという思いが眩しい。二首目は、結婚を故郷の両親に報告しにゆく場面。相手に語りかける言葉だけで、臨場感豊かに歌われている。

現代は口語短歌が全盛であるが、その多くは独語的であり、そのために深い孤独感を抱えている。しかし、三原の歌には相手が明確に存在していて、言葉が前へ前へと

進んでいくスピード感がある。プリミティブともいえるが、現在ではかえって独自の強さを生み出していると思う。

故郷に恋人を連れてきて皆に祝福されたい、という三首目のような歌も、最近では珍しいのではないだろうか。自分と故郷との一体感がとても強いのである。「君が生まれ育った街に降り立てば君はすでに少年の顔」という歌もある。相手を〈個〉としてだけ見るのではなく、生まれ育ってきた故郷も共に愛したいのだ。人間は風土から切り離して存在することはできない、という信念が、こうした歌の背後に流れている。

「Ⅱ　ミラーボール」では、衰退していく地方の町を盛り上げるために、新しい試みを行う若者の姿が描かれている。商店街にきらびやかな「ＤＪバー」を開店する友人。三原自身も、名物の「三五八《さごはち》」（塩・麹・蒸し米で漬けた漬物）を宣伝する曲を作る。しかし、せっかくのアイディアが、古い考えの人々によって抑圧されることも多い。

保守の強き地盤の上で生きている友の言葉に若さを探す

三原は東京に住むが、故郷に残る友人は、周囲に従うことで若さを失ってゆく。あまり感情を入れずに歌っているが、「若さを探す」という結句には、深い寂しさがこもっている。自由に生きることが難しい故郷の影の部分を、こうした歌は断片的にとらえているといえるだろう。

そして「Ⅲ　2011年3月11日後のわたし」で、三原の歌は大きく変わる。東日本大震災が起き、故郷の浪江町は震度六強の激しい揺れに襲われたのだ。

iPad片手に震度を探る人の肩越しに見るふるさとは　赤

歌集名となったこの歌からは、液晶の地図上で赤く染まる故郷を見たときの衝撃が、なまなましく伝わってくる。一字空きも印象的だ。その後まもなく、原発事故の放射能によって汚染された町から、実家の家族は避難しなければならなくなる。

そのとき見えてきたのが、当たり前のように幸せに暮らしてきた町が、原発の危険性に目をつぶり、むしろ進んで受け入れることで成り立ってきた事実だった。

校長を退《ひ》きて原子力センターの広報となりし恩師は遠く

東京の電気を作っていることの誇りを持てと説かれしわれら

「東電を悪くは言えない」マスターの声に客らは床を見つめる

除染という仕事を与え福島の人らを集めて二度傷つける

充血の眼をまっすぐにわれに向け除染の仕事を友は語りぬ

前述したように「I　みどり風」では、故郷での暮らしがにぎやかに楽しく描かれていた。そうであればあるほど、明るい日常の背後にあった欺瞞が、暗澹として見えてくる。この歌集は十七年間の作品をまとめたものだという。一般的な歌集と比べると、かなり長い期間の歌である。しかし、それだけ長い時間を通して表現してきたからこそ、原発事故がどのように人の心を裏切り、傷つけたかが伝わってくる。

原発を推進してきた人々は、原発を受け容れた人々も〈共犯〉なのだ、という言葉で、責任を曖昧にしようとする。このように、社会状況を言葉によって変質させようとする動きが、現在しばしば現れてきている（コロナ禍でも同じことが起きている）。三原は、言葉による偽装を鋭く見抜き、歌の言葉で抗ってゆく。

「正月をふるさとで過ごす帰省客」になれないわれらは前を向くのみ

〈浜通り元通り〉というステッカーを疑えたやすく元通りなど

体育館の床にわれらを座らせて甲高い声で歌う「ふるさと」

「あんなところ行くわけないよ」と嗤われてあんなところで育った私

特に三首目が印象的だが、権力者が「ふるさと」を民に歌わせることによって、悲惨な現実を隠蔽しようとする構図に、三原は怒《いか》っている。「ふるさと」という言葉自体が瀆《けが》されてしまった、という悲しみがあるのである。

脱原発デモに行ったと「ミクシィ」に書けば誰かを傷つけたようだ
訪れし仮設住宅に住む人を「仮設の人」と言ってしまえり

だが、自分自身の発する言葉も、誰かを傷つけているのではないか。その疑いに三原は苦しむ。しかし、それを恐れて沈黙したら、大きな権力に利用されるばかりだ。「悪くは言えない」で終わらせてはならないのだ。三原は「極私的十年メモ」（本書収録）で、「記憶を風化させないことと同じくらい、美化させないことも大切だ」と述べている。「美化」とは、分かりやすく美しい言葉で、現実が固定化されてしまうことだ。そうではなく、ひりひりとした痛みのある、生きている言葉で、もっと時代を動かそうと、三原はメッセージを投げかけている。

『ふるさとは赤』を読むと、読者も心に傷を受ける。その痛みこそが、原発事故以後の世界を生きる私たちにとって、非常に大切なものなのだ。

新装版の刊行に際して

東日本大震災、東京電力福島第一原発事故から十年が経った。しかし、今もなお、原発事故は続いている。そして、新型コロナウイルスの世界的な流行により、非日常は日常になってしまった。その息苦しさの中で、二〇一三年に出版した、第一歌集『ふるさとは赤』の新装版を作りたくなった。たぶん、いつ何が起きるかわからない世界に生きていて、精神的な「種の保存」をしておきたかったのかもしれない。

第一歌集を出版し、短歌以外のつながりも広がった。写真家の中筋純さんは、巻末の「二年経て浪江の街を散歩するGoogle ストリートビューを駆使して」の短歌をきっかけに、日々変わりゆく浪江町の新町商店街を撮り続けている。また、いわき湯本温泉「古滝屋」の里見喜生さんは、旅館の客室に私の歌集を置いてくださり、今年の三月には館内に「原子力災害考証館 furusato」を開館し、原子力災害の教訓を伝えている。そして、今年一月に二本松市で開催された、福島県立博物館の事業、ライフミュージアムネットワークのオープンディスカッション「浪江の記憶の残し方・伝え方」

で共に登壇した、国文学研究資料館教授の西村慎太郎さんは、浪江町権現堂の歴史を調査し始め、今年の三月十二日から『大字誌浪江町権現堂』ブログを毎日更新している。

実は、新型コロナウイルスが流行するまでは、私は以前の故郷の姿を探すような気持ちで、台湾を頻繁に訪れ、台湾の友人や風景、多様性のある文化や社会に大きな励ましを得ていた。私の視野を大きく広げ、私をやさしく受け入れてくれた台湾への感謝の気持ちを表したくて、カバーデザインに台湾花布を選んだ。非常感謝。

今回、角川『短歌』二〇二一年三月号の特集で執筆した「極私的十年メモ」を新たに加え、吉川宏志さんには、理解の深い解説をお書きいただいた。本阿弥書店の奥田洋子さん、装幀の南一夫さん、ご協力いただいた皆様に心より御礼を申し上げたい。

この新装版『ふるさとは赤』の出版を機に、現在やこれからのことを読者の皆様と改めて一緒に考えていけたらと願っている。

二〇二一年四月十三日　　四十二歳の誕生日に

三原由起子

本書は二〇一三年五月に小社より刊行した歌集『ふるさとは赤』に解説等を加え、新装版としたものです。

著者略歴

三原由起子（みはら・ゆきこ）

1979年　福島県双葉郡浪江町に生まれる
1995年より作歌をはじめる。第48回福島県文学賞短歌部門青少年奨励賞受賞
1997年　第１回全国高校詩歌コンクール短歌部門優秀賞受賞
1999年　早稲田短歌会入会
2001年　第44回短歌研究新人賞候補作
2013年　第24回歌壇賞候補作
2013年　第一歌集『ふるさとは赤』（本阿弥書店）を出版
2017年度〜2019年度　日本歌人クラブ中央幹事
現在　日本歌人クラブ参与、現代歌人協会会員

E-mail hurusatohaaka@gmail.com

新装版歌集　ふるさとは赤《あか》

2021年６月28日　初版

著　者　三原由起子

発行者　奥田　洋子

発行所　本阿弥《ほんあみ》書店

東京都千代田区神田猿楽町２-１-８　三恵ビル　〒101-0064
電話　03(3294)7068(代)　振替　00100-5-164430

印　刷　日本ハイコム株式会社

定　価：1650円（本体1500円）⑩

ISBN978-4-7768-1562-4（3278）